rororo

ro
ro
ro

Shahak Shapira

HOLYGE BIMBEL

STORYS VONG GOTT U S1 CREW

Rowohlt Taschenbuch Verlag

Das Buch ist in einer Kunstsprache verfasst,
die keiner Regelhaftigkeit folgt.

Originalausgabe
Veröffentlicht im Rowohlt Taschenbuch Verlag,
Reinbek bei Hamburg, September 2017

Umschlaggestaltung ZERO Media GmbH, München
Umschlagabbildung FinePic®, München
Satz Franziska Pro OTF (InDesign) bei
Pinkuin Satz und Datentechnik, Berlin
Druck und Bindung CPI books GmbH, Leck, Germany
ISBN 978 3 499 63335 5

INHALT

HOLYGE BIMBEL

Based auf 1er wahrhaft erfundenen Gayschichte

1

GANGESIS

Im Anfang war die Universe leer u schwarz wie 1 coke zero am bimsen, also buildete Gott 1 Earth u 1 Heaven. Aber die Earth war dark wie 1 Berghain u needete 1 Boss-Transformation…

AM FIRSTEN DAY talkte God: «Es werde 1 nices Light», u 1 überbrightes Light war gebimt worden. God sah das Light am shinen, u es war lit as fuck. Er fands übelst nice u feierte sich.

AM SECONDEN DAY buildete God wie im zartigen soulpop song «Vong derr Slackline zur Schornstein zurück» des Gayngster-Trapper u freelance Postbote Bushido 1 mies flye Skyline. Er fands übelst nice u feierte sich. Dann hatte er 0 Bock mehr u hant Dschungelcamp gewatched. #TeamHoney

AM THIRDEN DAY speakte God: «sheeeesh Digga hier is all Water everywhere am been» u createte 1 Countryside mit highem Mountainz wie Erzgebirge oder Hartz4 u au numberreichen Flohra u Fanta, zb 1 Dattelpalme oder 1 Mahagonji oder 1 Wakeholderbeere u natürlich au vielerlei Cannabis Flavorz zum smoken scurrrrrrrr. Er fands übelst nice u feierte sich.

AM FOURTHEN DAY buildete God 1 Sun u 1 Supermond u viele Starz die beautiful wie 1 diamond in the Sky am shinen waren #flohless. u igndwie needen die Flohra u Fanta die Sun zum growen, obwohl sie schon vor ihr am bimsen waren. U die Sun is viel larger als das Earth u God hant für sie nur 1 day geneeded u hant dann au noch genug Time um alle Starz zu createn voll weird vong Timemanagment her aber ok whatever. Er fands übelst nice u feierte sich.

AM FIFFTEN DAY createte God überflye Birrds mit Chicken Wings vong Anatonicness her, u auch die Fish u Schrimps die im water am swimmen waren, wie zb 1 Moby Dick oder 1 Lurchness Monster u sayte: «spreaded euch ihr Larrys!» u die Schrimps u birds makten 1 übernices Gangbang u hantten mehr Children als Frau Kepetry u Marcus Bretzell lol.

AM SIXTEN DAY makte God zahlreiche Animals die down to Earth sind wie 1 Rindvieh oder 1 Pikachu oder 1 Donkeykong u auch cute Coca Koala Bären. Anschließlich createte er 1 Man und 1 Woman (Adolf u Eva). u Adolf u Eva speakten: «ey God wo is hier 1 Burger King am been?» u God sayte: «eatet doch die anderen Animalz die i gemaket habe vong Gönnung her» u die Animalz so: «WTF???» u Adolf u Eva so: «k lol»

AM SEVENTEEN DAY checkte God die meganice Mother Earth, die er gebuildet hat, mit water u Sky, u birrds u Schrimps, u Sun u Starz u Dattelpalmen u viele Pikachus u au Adolf u Eva. U Gott sayte:

«was is das für 1 nices life?»

2

ADOLF U EVA

Adolf u se1ne naise MILF Eva waren im Gangsta-Paradise krass gechillt am bimsen. Es gab juicy Fruitz u Treez u Burger King u zahlreiche weitere Gönnung soweimt das Eye reicht. Doch dann gabs übelst 1 Beef mi Gott u die Rudis haben es sich verschissen...

u Gott talkte zu seinem Boi, Adolf:

Gott: Ey Adolf i bims, d1 Gott. Wie bimst du m1 Paradise am finden vong der Niceigkeit her?
Adolf: is power mois.
Gott: cool cool. Es gibt nur 1 voll wirchtige Faust-rule...
Adolf: k was?
Gott: Seest du den Applez da auf dem highen Tree?
Adolf: boah die sind übelst nice diggi
Gott: die darfst du nit touchen
Adolf: Was whyrum? die sehen voll tasty aus vong deliciousness her :(

Gott: ARMLÄNGE ABSTAND VONG DEN APPLEZ DU LARRY!!!

Adolf: k digga calm down of life sheeesh

u wie im delightfullen goa-trance-ballade «Can't Touch Dis» vong Wrapper Jesus-Swagger, MC Hammer, touchte Adolf die nicen Apples nit.

1–2 Weekz später oder so...

Eva: Ey Adolf i bims, d1 Alte. what bimst du am maken?

Adolf: Juicy Fruitz snacken

Eva: hanst du schon die Applez getastet?

Adolf: BITCH WTF wo hanst du die her???

Eva: Vong 1ner krass friendlichen Snake

Adolf: ...vong 1ner Snake?

Eva: ja die hant zu mi gespoken u gesayt «is ok nimm»

Adolf: ...1 crawlendes Snake-Animal hat di angespoken u dir Appelz gegiven?

Eva: ja

Adolf: is klar.

Eva: I BIM TRUTHFULL AM BEEN DU OTTO!!! Taste 1 Apple is voll nice.

Adolf: aber God sayte 1 armlänge Abstand vong dem Applez!

Eva: sheeesh what bimst du für 1 Opfa vong Independence Day her?

Adolf: k give her

1 Woche später...

Gott: Ey Adolf i bims, d1 Gott. What bimst du am maken?

Adolf: Nix diggi chilli vanilly lol

Gott: Aha. u warum hanst du 1 greenes Blatt auf d1nem Pimmbel?

Adolf: i shame mi vong FKKness her #nohomo

Gott: HANST DU DIE APPLES GEEATEN DU LÜGENLORD??? I DESTROY DICH AMK!!!

Adolf: diggi es war Eva SIE IS 1 SCHLAMPE I BIM NORMALER MEMNSCH AM BEEN ISCHWÖR

Gott: talke mit der Hand Mongo. gibt für euch beide 1 übermieses punishment

Adolf: Shit was digga?

Gott: wenn Eva pregnant am bimsen is wird sie voll fett wie 1 Rainer Calmund u dann muss sie 1 Baby übelst paintvoll rauspushen

Adolf: sheeeesh ultimate punishment u was is mit mir?

Gott: Du must d1 food ab noon vong der Earthboden growen wie 1 farmville

Adolf: puh geht voll lol u was is mit der falschen Schlange?

Gott: i have Eva doch schon gepunished

Adolf: lol i meane das Snake animal

Gott: aso. true. hmmmm... die Snake muss von now on auf dem Earth crawlen statt walken

Adolf: wtf aber sie crawlt doch schon weil sie eh ke1ne Jetlegs hant voll ungfair vong Hardcoreness her

Gott: SHUT D1 MAUL DU RUDI SONST WIRMST DU AUCH SCHWANGER WIE 1 RAINER CALMUND!!!

u wie in dem hitsong vong universal schlagerstar fritz colins, hanen Adolf u eva just 1nother day im paradies. Dann kickte God sie out u verbannte sie nach Gelsenkirchen. u währmend Adolf nur mit Farmville gepunished wurde, u die Snake voll gar nit, musste Eva 2 Kindler aus ihrer Vagina rauspushen, denn die Bimbel is 0 fair vong Feminismus her.

3

ABDEL U KEIM

Adolf u Eva bekamen 2 nice Kindler: Abdel u Keim. Abdel war 1 Ehrenmann vong Street Cred her u hirtete die flysten Sheeps im ganzen Land. Keim war 1 Lauchgemüse & Hampelmann am been weil er immer s1 Brudi gehatet hant u shit getalkt hant auf Twitter wie 1 eitersüchtige fiqqhure vong basic bitchness her.

1nes Tages makten die Bros God 1 Geschenk…

Abdel: Ey Gott i bims, Abdel. bimst du da?

Gott: Sicher Brudi was geht?

Abdel: i bim 1 übelst nices Geschenk für di am haven vong Appreciatness her

Gott: Whuuuuut für mi? voll nice digga was hanst du?

Abdel: 1 nices Lämmchen

Gott: Sheeeeeeesh thnx

Abdel: Merci dass es di gibt #nohomo

u gott givte Abdel fette propz für das naice Lämmbchen obwohl God der maker aller Lämmbchen is u sich everytime we touch 1 neues Lämmbchen 1fach createn kann aber ok whatever.

Dann steppte Keim mit se1nem gayschenk um God zu impressen...

Keim: Ey Gott i bims, Keim. bimst du da?

(5 Hourz später...)

Keim: Digga?
Gott: sry busy
Keim: Aber du bimst doch scho 2,5 Hourz online auf Snapeschat
Gott: boah k Alter was is?
Keim: i hab au 1 nices Gayschenk für di
Gott: aha was?
Keim: Getreide Digga
Gott: Du wilmst mi Cornflakes schenken?
Keim: Naja also-...
Gott: SEH I AUS WIE KELLOGS DU LARRY??? DE1N BRUDI HANT MIR 1 LÄMBCHEN GEGIVEN U DU HAMPELMANN GIVST MI MÜSLI???

Keim walkte voll neidisch zu se1nem Brudi Abdel u streetfightete ihn zu Tode. Gott war mad as fuck u punishte Keim mi dem sogecallten «Kainsmal» u tättitowierte das Wort L A R R Y direkt auf se1ne Stirn lol.

Eva war immernoch die 1zige Wife on Earth am been also knowt niemand wie die Humanz weitere Kindler bekamen. Bestimmt wie bei Game of Thronze #Inzest4life

4

DIE ARCHE NOAHS

Die Humanz spreadeten sich weiter auf dem Planet wie 1 cutes Katzenvideo auf Youtube, aber alle waren Alpha-Kevins u Hampelmänner 3ten Grades am bimsen bis auf 1 flyer Dude names Noah…

u Gott speakte zu seinem Boi, Noah:

Gott: Halo Noah i bims 1 allmighty God. Busy?
Noah: ne bim gammeln in Shisha Bar lol
Gott: i han 1 Mission:Impossible for dich vong Challenge her. Du musst 1 flye Arche builden…
Noah: k
Gott: u 2 von jedem Animal rein pushen…
Noah: Auch die miesen Cobra11 Snakes vong der Toxicgkeit her?
Gott: Ja. Dann wermd i die ganze World mit Water squirten u every-1 killen
Noah: Sheeeeeesh warum digga?

Gott: Weil die World wie 1 Sin City vong Ethikness her am been is

Noah: krasse Punishment kann man nit first mit ihnen talken?

Gott: Nope.

Noah: Aber sayst du nit immer «du sollst nicht andere am killen bimsen» u so?

Gott: BUILDE D1 BOOT DU LARRY!! I BIM D1 GOD U DU WIRST MIR OBEYEN AMK!!!

Noah: k sheeesh chill ur mind & the rest will follow, i builde schon. Voll empfingdlich heute.

Dann buildete Noah 1 XXL Big Black Boat, u God squirtete die Earth wie 1 Tsunami vong Jizzness her u alle humanz u auch unschuldige animalz wie z.B. baby Ottos oder kleine gaylbe Q-Ken sind mit dem flow gewalked lol.

Gott: Diggi hanst du alle Animals mitgetaken?

Noah: klar mois

Gott: G-raffen? Timon u Puma? xHamster?

Noah: jo

Gott: Batmännchen?

Noah: jap

Gott: 2kane?

Noah: ja

Gott: Auch 1 Tyranosaurus Tit-Rex u alle othere Dinosaurinder?

Noah: Ehm…

Gott: HANST DU DIE DINDOS FORGOTTEN DU OTTO???

Noah: DIE HÄTTEN MI DOCH GEEATEN VONG JURASSIC PARKNESS HER!!!

Gott: lol jk sollen die Bitches erdrinken.

Noah: Sheeesh aber wenn die Tit-Rex swimmen können sind wir gefuckt

Gott: Relax your Spirit du Lauch. Die hanen smalle Babyhands wie 1 Dronald Trump lol.

5

ABRAHAM

Nachdem God die ganse Humanity außer Noah u se1ne Family weggesplasht hant, entstand 1 brave new World, obwohl once again niemand knowt, wie Noahs Family sich weitervermehrt hat. Inzest is 1 Dancer. lol.

Anyways needete God wiemder mal 1 Main Man on the Ground u chooste Abraham. Weil Abraham sowoll im Judithtum, Chrispentum as auch Islamb als Big Stammdaddy aller Rudi Völker gilt, is er 1 sogecallter Universal O. G. (= Original Gangstar, wie zum Example Dr. Drake oder 2pacman). Deswergen kam God zu Abraham always mit special requests…

u God speakte zu seinem Boi, Abraham:

Gott: psssst Abraham i bims, d1 Gott.
Abraham: zzzzzz
Gott: ABRAHAM!!! WAKE UP DU FROZEN LAUCH!!!!
Abraham: Hu wtf digga es is 3 oclock morgens

Gott: lovst du mi nit enough um 24/9 am tag für mi there zu bimsen?

Abraham: sheeesh k i bim wide awake what willmst du?

Gott: ...

Gott: wie gehts?

Abraham: is ok so also job is nice u family auch aber in der-...

Gott: lol BOOOOORING. say mal, wo is d1 Son am been?

Abraham: Isaak? Der is zur Time n00bs in Call of Dörty destroyen

Gott: k nice calle ihm & gette au 1 nices Butterfly Knife vong Sharpness her

Abraham gehorcht seinem flyen Gott, holt se1nen Son Isaak u 1 übernices Butterfly Knife.

Gott: u jetzt cutte d1 son weg lol

Abraham: wtf why?

Gott: i knowte es... du lovst mi gar nicht...

Abraham: doch diggi i love di 4sure aber-....

Gott: DANN CUTTE DEN WEG DU LARRY!!! DER SPLASHER HANT MI GESTERN IN CALL OF DÖRTY RASIERT!!!

Abraham: k whatever

Abraham raist se1n sharpes Butterfly Knife over Isaak...

Gott: lol calm down your Knife das war nur 1 Joke

Abraham: Digga i hätt fast m1 belovten Son gekillt

Gott: ja i know what bimst du für 1 American Psycho lol

Abraham: ABER DU HANST MI 1 SPECIAL BEFEHL GEGIVEN!!!

Gott: es war nur 1 Test de1ner Knechtiness du Lauch

Abraham: WTF

Gott: Hauptsache Alessio gehts gut lol

2 Weekz später…

Gott: pssst Abraham

Abraham: zzzz

Gott: psssssssssst. Diggi.

Abraham: zzzzzzzz

Gott: ABRAHAM WAKE UP DAS PARADIES IS WIEDER OPEN!!!

Abraham: WHAT WO I BIM WIDE AWAKE TAKE MICH TO PARADIES DIGGI ME1N BODY IS READY AM BIMSEN!!!

Gott: lol jk das paradies is forever closed

Abraham: ALTER WTF???

Gott: hahahaha i wollte nur de1ne Attention catchen sheeesh du hättest de1n dumbes face seen müssen vong Surpriseness her du Lurch

Abraham: Digga what willmst du?

Gott: Hanst du noch d1 sharpes Butterfly Knife?

Abraham: ehm… ja…

Gott: nice hol mal u bring au Isaak

Abraham: lol ne is klar

Gott: srsly

Abraham: nice try i falle auf den trick nit once again rein

Gott: Digga please. i bim 1 nices business oppertunity für di am haven

Abraham: aha

Gott: du holst de1nen son u cuttest mit dem Butterfly Knife 1 smalles piece vong se1nem pimmel u i lette di ins paradies rein

Abraham: WTF why?

Gott: weil se1n Dick überugly am been is wie 1 Ameisenbär

Abraham: aber du hant es doch so designed?

Gott: war 1 honest mistake

Abraham: u when i se1n π-mel cutte darf i ins Paradies?

Gott: ja

Abraham: ehrenword?

Gott: ischwör

Abraham holt once again se1nen Son Isaak u das naice Butterfly Knife, u slasht 1 piece vong se1nem Pimmbel

Abraham: k done i bim ready for Paradies

Gott: LOL VERARSCHT DU OTTO

Abraham: ARGH

Gott: du bimst so 1 Knecht level 500 000 i hab doch gesayt paradies is forever dicht

Abraham: du Huansohn

Gott: Pimmel sieht aber xtra nice so aus also ab now on bitte immer so maken

u seit then wermden die Pimmbel von smallen jewishen Otto-Kindler abgecuttet wenn sie 8 dayz old am bimsen sind – weil Abraham zwar der flyste O. G. der Vergangenheit, Gegnerwart, Futur II u auch Plusquamperfekts war, aber 1 ziemlicher Knecht vong Blueäugigness her.

6

SADDAM U GAYMORA

Saddam u Gaymora waren 2 Sin-Citys am been deren 1wohner übelst die Huansöhne waren u nonstop dirrty gesündigt haben vong YOLOness her, z. b. hatten die alle Grindr u gay Sex Partys im Berghain mit Kretamin & Helene Fischer Hits.

u God callte seinen Boi, Abraham:

Gott: ey Abraham i bims, d1 Gott
Abraham: oh shiiit
Gott: chill di du Hodenhead i wollte nur knowen letten, dass i Saddam u Gaymora destroyen wermde
Abraham: WTF why???
Gott: weil die alle true sinner sind u 24/7 69 anal gay Sex mit tinderjährigen Children am haven sind u in Saddam haben die auch Nuclear Weaponz
Abraham: Nuclear Weaponz???
Gott: mutmaßlich. lol.
Abraham: bimst du nit wiemder am overreacten?

Gott: Wie, mal wiemder?? fimdest du mi zu implusiv vong hitzköpfigness her???

Abraham: naja du hanst erst letztens die ganze Earth mit 1nem Tsunami World Tour gefickt u jetzt…-

Gott: I WERMDE DAS JIZZNEYLAND DESTROYEN AMK!!!!

Abraham: Aber in Saddam-City is 1 Burger King office wo m1 nephew 1 Part-Zeit-Position am hustlen is. Die sin doch nit alle evil am been vong Truecrimeness her…

Gott: k i sag dir what: i throwe 1 paar Angelz runter u die maken da research. Aber wenn das Huansohn-Level too high am been is, drop i 1 mieses Rain aus fire u Schwefel auf die Larrys.

Abraham: k mach

u so, wie in der nr. 1 hit der naicen Boiband Overground, schickte God nen Angel bzw. 3 Angelz zu Abrahams Nephew Lot, der in Saddam-City mit se1ner Wife livte.

Obwohl Lot übelst nach Chicken McNuggets stinkte, war er voll nice zu den Angels vong Guestfreundlichness her. Aber dann kamen die anderen 1wohner von Saddam-City u wollten se1ne Guests rapen u mit ihnen Surprise Butt Sex haven. Lot bietet den 1wohnern se1ne 2 virgin daughters an damit sie die Angelz in Peace letten, aber die Rudis knowen die youngfräuliche Vulva nit zu appreciaten.

Die Angelz wollen Lot u se1ne Family vong dem Trump-ageddon saven u tellen ihnen with: «diggis ihr musst das Town sofort skippen u über-wichtig ihr dürft nit zurücklooken sonst seid ihr dead as fuck». Lot u se1ne Kellyfamily escapten, aber se1ne Larry-Wife lookte zurück u erfroze in 1 salty Säule.

Dann gabs ke1ne Men mehr im ganzen Land also haben Lots daughterz ihn 1nes nights übelst mit vodka-e abgefillt u mit ihm Father-Daughter-Porn-Sex gehabt um pregnant zu wermden #truestory. Aber die men im Saddam u Gaymora waren eh alle gay also is ok lol.

7

EXODUDES PART I: MOSES BEGINS

1 mal war Gott 4 Days lang Netflix Binge-Watching am been u hant se1ne Crew forgotten, u so wurmden die Isralarrys voll die Bitches vong Pharmaoh Rahmsnapes I. u mussten zahlreiche Pyramiten ungeheurerter Size everyday hustlen 4 free.

Aber in 1ner prophecy hörte der Pharmaoh, dass 1nes days 1 isralarry mit dem Power & Grace vong God s1 Life krass ficken wirmd also ließ er alle menliche Children der Isralarrys stabben, doch die Babymama vong 1nem Babychild namens Moses Def Jr. buildete ihm 1 nices Rettungsboot u setzte ihn out ins River Niels wie 1 Refugee lol. Trotz killer-Crocodiles & Kegelfish u zahlreiche othere Dangernesses overstand yung Moses das egypten Dschungelcamp u wurmde vong Pharmaoh Rahmsnapes Wife gefindet, also hant sie ihn aufgetaken im Ceasars Palast u er growte together mit dem Son vong Pharmaoh, Rahmsnapes II. wie 1 brudi. So wirmd die Story zumindenst im e-motionalen disney Signtrickfilm «The fresh Prince of Egypt» mit powervollen soundtrack vong Singerin Mariana Curry u Salsa-Rapperin Britney Huston getold.

Moses growte zu 1nem chillen Stoner bis er 1nes tagez 1 egyptian Aufwatcher zu Death smackte, weil der Rudi zu 1nem pooren Isralarry voll evil am been war u ihn mit se1nem Peitsche whippte. Dann musste Moses escapen u livte in der desert auf dem Burning Man Festival.

Doch 1nes Tages talkte God zu Moses…

Gott: Digga zieh d1ne Shoes aus du bimst auf holygem Boden

Moses: wtf 1 talkender Busch am burnen

Gott: ne du Evolutionsbremse i bims d1 Gott

Moses: haha is klar i hab zu much weed gesmoked lol

Gott: I BIMS GOTT ALSO GEH AUF DE1NE KNEES DU LARRY!!!!

Moses: k sheeesh whatever

Gott: Walk zum Pharmaoh u sag dem Rudi er soll de1ne Peoplz freen

u so steppte Moses zum Pharmaoh Rahmsnapes N° 2 um 1 krasser Realtalk vong Rebelness her zu holden…

Moses: Halo Pharmaoh i bims 1 Moses

Pharmaoh: Moritz?

Moses: ne Moses

Pharmaoh: k Moseby whatever. What bimst du am wanten?

Moses: Let me1ne Peoplez go du Lauchgemüse

Pharmaoh: lol ne

Moses: pfff dann wirmd di God krass punishen

Pharmaoh: ROFL d1 Larry-God is 1 Pussy vong Ramboness her. u jetzt builde mir weiter Pyramiten du Hampelmann.

u Moses steppte wieder aus dem Palace des Pharmaohs ohne Achievment se1ner #Squadgoals…

8

EXODUDES PART II: MOSES RETURNS

Gott: u lässt er de1ne Peoplz walken?

Moses: Sicher Diggi. i builde hier weiter Pyramiten nur 4 Fun an der Joyness...

Gott: k sheeesh Hakuna your Tatas. i bim 1 Masterplan am haven vong Batmanhood her.

Moses: i blow dem Pharmaoh se1n cock?

Gott: wtf nein lol. Diggah wir maken dem Opfa 1 nices 10 Plagen Body Change bis er euch walken lässt.

Moses: D.h.?

Gott: Zuerst turne i das ganse Water im River Niels zu true blood u 1 week lang gibts ke1ne Drinks u niemand kann showern u alle stinken wie 1 Nielspferd lol.

Moses: k nice

Gott: Als 2te Plage kommen zahlreiche Frogs aus dem closen Osten in Gummiboots over das Middlemeer u wanten Asyl ohne Papiere u ganz Egypt wird mit Nafri-

Frogs gecovert, die das personal space invaden wie 1 Neuköllner Hauptbahnhof am Silvester

Moses: Blut war igndwie schlimmer vong Hardcoreness her aber ok

Gott: Als 3te Plage gibts überall Stingmücken

Moses: aber die Frogs wermden die sofort eaten

Gott: Wermden die nit

Moses: 4 sure?

Gott: i bim allmächtig du Hässlichkeit

Moses: Whatever. u wenn das nit workt?

Gott: Viehpest, Diggi. Alle Horses u Karamelle u Rindviecher u Donky Kongs wermden geslaughtert vong Final Destination her.

Moses: au die Pikachus?

Gott: au die Pikachus

Moses: sheeeesh

Gott: u dann getten die Rudis übernasty Poken auf ihr Skin u sogar straight on the Pimmel lol

Moses: boah digga voll gefickt die Larrys

Gott: Als 6te Plage droppe i 1 Hagel of death mit Iceballs so groß wie 1 boob vong Pomela Andersohn u alle kriegen Gehirnerschulterung u 1 mieses Schädel-Bonsai-Bruch

Moses: ja man is power

Gott: u als 7te Plage: Heulschrecken

Moses: Heulschrecken?

Gott: Heulschrecken.

Moses: hm... k...

Gott: Was? Was los?

Moses: naja wenn die XXL Iceballs u Pimmelpoken surviven dann triggern die Heulschrecken igendwie nit so hart vong Freddykrügerness her...

Gott: k pass of: Killer-Heulschrecken

Moses: hmm...

Gott: MUTANTEN-Killer-Heulschrecken. Die sin wie Wolverine am bimsen.

Moses: kannst du nit wieder so 1 Rain mit Fire & Schwefel maken wie in Saddam u Gaymora? Abraham hant erzählt es war übelst power...

Gott: WILLST DU DE1NE PEOPLEZ ALL BY DEINER-SELF BEFREEN DU SPLASHER???

Moses: Ne digga chill dich. Mutantenkillerheulschrecken. Krass scary. Sheesh. Mama wo bimst du u so...

Gott: Hab i mir gethought du Rudi. So, Nr 8: The Darkness.

Moses: Die Band?

Gott: der Zustand diggi. 3 Tage all black everything.

Moses: u dann blow i dem Pharmaoh se1n cock?

Gott: nein

Moses: k

Gott: achso btw, als last Plage on earth kille i alle firstgeborenen Children in Ägyptenville.

Moses: k cool... WAIT WHAT???

Gott: alle firstbornen Kindler kriegen 1 mieses Fatality vong Mortalkombatness her.

Moses: du willmst unguiltyge Children killen?

Gott: No Country 4 older Brudis lol.

Moses: vll vorher noch mal Mutantenkillerheulschrecken tryen?

Gott: Nope. Du wolltest nit. Triggern nit enough hanst du gesayt.

Moses: doch digga voll! wir mussen nit so extrem-

Gott: I KILLE IHRE KINDLER DU PUSSY

Moses: k whtevr aber what is mit unsernen?

Gott: pass auf du getest 1 nices Lämbchen u killst es. Dann takest du das Blood u schmierst damit die Türs vong allen israeliltischen Hoods

Moses: aber du bimst doch God am been. Kannst du nit de1ne e1gene Childrens recognizen vong Daddyness her?

Gott: DIGGA PLEASE. i knowe euch Lemmings alle nit mit firstnamen. Schmier oder stirb du Larry.

Dann whackte God alle firstgeborenden in Ägyptenville zu Death u auch den Sohn vong Pharmaoh Rahmsnapes II. u der Pharmaoh cryte wie 1 little Biaaatch u lettete die Peoplez vong Moses 1 polnischen Abgang maken. Dann hat aber der Rudi s1 Decision-Making überthought…

9

EXODUDES PART III: MOSES RISES

Gott: ey du Splasher wie läuft d1 Prison Break?

Moses: alter der Pharmaoh chaset uns hinterher u er hant se1ne ganse Crew inxklusive numberreiche Machine-guns u Butterfly Knives

Gott: boah was 1 Huansohn Level 150 bis 3700

Moses: Digga wir sind gefuckt

Gott: Entrüste de1ne Brüste du Kohlrabitch. i hab 1 ultimate Solution

Moses: OH HO let mich guess – Mutantenkillerheulschrecken...

Gott: hold d1 Maul. Bimst du das Claudia Rothe Meer am seen?

Moses: ja

Gott: k pass auf: i splite das sea in 2 parts u du walkst mit d1 peoplz durch. danach make i das sea wieder tight u die Egyptian Lovers swimmen wie 1 Tit-Rex lol *u Moses is mit se1nen Peoplez wie 1 Pimp unermesslicher Flyness durch den Sea gesteppt. Pharmaoh Rahmsnapes II. is hinterher (weil Larry) u dann tightete God Claudia Rothes Meer together again u die Opfa sind erdrunken.*

Moses: k Gott wir sin free am bimsen u stehen hier rum. What nun?

Gott: hmmm...

Moses: digga du hanst 1nen masterplan oder?

Gott: ehm...

Moses: WTF ALTER WIR SIN MITTEN IM DESERT HIER IST 7000 GRAD KELVIKUS HEATZE U DER SEA IS WIEDER CLOSED WIR KÖNNEN NIT ZURÜCKSTEPPEN!!!

Gott: erlöse de1ne Möpse du Schnittlauch. i muss nur bisschen nachthinken

Moses: NACHTHINKEN MY ASS DU WILLMST DOCH NUR CALL OF DÖRTY ZOCKEN

Gott: whaaat ne voll nit k i muss los i hab 1 importantes Termin bye

Moses: aha mit whom?

Gott: mit de1ner fetten Mudda du Slacker. i bim d1 God i muss nix explainen cah-peesh?

Moses: u wann returnst du?

Gott: i melde mi

Moses: DIGGA

Gott: **PSSHT** what i hör di nit **TZZZ** i bim ke1n

TRRRZZZ Empfarng *RRZZZTT* am haven *BRRRRZZZ*

Moses: Gott?

Moses: GOTT???

Moses: ...so 1 Larry.

u God is abgesplasht u meldete sich nit für 1 longe Time u strangeweise war er 2 Weeks later Level 6000 in Call of Dörte aber Moses konnte nit mitplayen weil er bei O2 war u es im Desert nur Edge gab vong Internet Speedness her was ihn voll pissy makete.

Gott: Ey Moses i bims, d1 Gott

Moses: k

Gott: U mad bro?

Moses: ne is ok

Gott: k cool what seid ihr da unten für 1 nices goldenes Kalb am builden?

Moses: ach das? nix

Gott: lookt aber fancy aus vong Sparkness her. Sind das 24 Karate oder how viele Karatigkeiten?

Moses: 128 Karate

Gott: sheeeesh. u wofür?

Moses: Iss nur 1 Ersatz-God bis wir mit den 10 Gayboten ready sind

Gott: Digga wollt ihr mich replacen?

Moses: ne digga voll nit

Gott: soll 1 golden Kalb euch ins Holy Land taken? Hat euer nicer Ersatz-God 1 GPS?

Moses: ne

Gott: HAT EUER LARRY-GOD DAS CLAUDIA ROTHE MEER FÜR EUCH GESPLITTET??? IHR UNTHANKFULE RUDIS AMK!!!

Moses: Calm down of life Keule, du bimst 1 viel flyer Personal Jesus vong der Niceigkeit her als 1 golden Kalb

Gott: k

Moses: U mad bro?

Gott: n1 is cool

Moses: k

Gott: lol jk ihr Larrys müsst jetzt 40 yearz durch die Wüste runnen vong Punishment her

40 yearz later...

Moses: ey Gott bimst du da?

Gott: Moritz! Du livest noch?

Moses: Moses.

Gott: jaja whatever. was los?

Moses: es sin 40 yearz vergangen

Gott: omg true krass wie fast die Time walkt wenn man Fun hat

Moses: Digga wir sin immernoch lost im Desert wo is das promised Land am bimsen?

Gott: srsly? das is 100 km nordöstlich ihr larrys

Moses: WHY HANST DU DAS NIT GLEICH GESAYT???

Gott: lol who hätte gethought dass ihr 40 yearz in circle walkt. vll muss i 1 smarteres Volk choosen.

Moses: argh whatevr dude wir walken jetzt hin. aber Ehrenword dass es da nice am been is?

Gott: ja digga voll nice

Moses: gibts da fett erdoil wie in jedem otheren land im closen osten damit wir Saudi Arabi Money rich wermden?

Gott: nope

Moses: k aber das land is free am been für uns zum niederletten vong Occupation her?

Gott: hmm...

Moses: k aber können wir da in Peace lifen ohne beefs u kornflikte vong Friedness her?

Gott: joaa... najaaaaa...

Moses: k aber wir Jews wermden never again 12 years a slave werden oder greysam geslaughtert wermden vong 1nem otheren Rudi-Folk?

Gott: ehm...

Gott: i muss los viel spaß dort k thnx bye

10

JOSUA

da God 1 Splasher Level Regendusche am been war, u die newste season Game of Trolls gerade fresh gedroppt wurmde, mussten die Isralarrys das gelovete Land im Alonegang piece für pierce vong irgendwelchen Larrys taken die sich dort spreadeten. Natürmlich is es nit so nice othere Peoplez 1fach zu vertreiben vong ihrer Homebase aber die Isralarrys waren das ausgechoosene Volk am bimsen u thatshalb is es ok vong Moraligkeit her wenn die gerapet oder gekillt hanen weil ihr Believingness das so sayte.

Moses is im Dessert abgescratcht u hatte se1n Lifelang nur EDGE internetz. s1 Nachfollower war Josua Jackson aus Dawson's Cribs.

u God talkte zu seinem Sohn, Josua:

Gott: Ey Josi i bims, d1 Gott. What bimst du am maken?
Josua: Diggi wir sind vor Jericho City am waiten

Gott: lol geht rein ihr Larrys

Josua: ne is schon voll u hier is 1 übersize Trump Wall vong Greatness her.

Gott: k vll dann weiterwalken nach Bielefield?

Josua: DIGGA WIR SIND 40 JAHRE DURCH DIE WÜSTE AM STEPPEN DU HANST GEPROMISED WIR KOMMEN REIN AMK!!!

Gott: Sheeesh de-stress de1ne Breasts du Rudi. i helpe dir die Great Wall zu destroyen

Josua: k what muss i maken?

Gott: walke 7 mal im circle um die City mit deiner Army

Josua: wtf what soll das brimgen?

Gott: just do it

Josua: k aber why outtgerechnet 7 mal das is 1 überlonge Distance zu Foot

Gott: WALKE UM DIE CITY IM KREIS DU PIMMELNESS AMK!!!

Josua: k passiert nix, was nun?

Gott: Hanst du noch die Vuvuzeldas vong der latesten football world championschaftt?

Josua: jo

Gott: Holt die raus u blowt 1 überugly song vong David-guettaness her

Josua: i soll 1 great wall mit Vuvuzelda-Hits destroyen?

Gott: jap

Josua: Digga du laberst.

Gott: BLOWE DE1NE VUVUZELDA DU LARRY!!!

dann blowten Josua Jackson u s1 ganze army ihre Voodoozeldas u createten 1 soundtrack, der wie 1ne combination vong Bimbis BEauty palace u 1 Helene Fritscher konzert klang vong selbstmordfeeling her. u selbst die stones im Great Wall vong Jericho City waren so «sry brudi i muss los» u droppten aus1ander.

#FungFact: Nach dem Wonder vong Jericho is die legayndere hardcore Reggae band «The Rolling Stonerz» benannt.

Josua: sheeeeesh Digga hat funktioniert
Gott: seest du. u jetzt kommt ins Berghain u bring die Vuvuzeldas. die Ottos letten mi nit rein…

11

SAMSUNG

Viele Yearz later kamen die Isralarrys in ihr Final Destination in Israland an, aber dann spliteten sie sich in 12 tribes u makten ihr eigenes Thing wie Destiny's Child u es gab non-stop Beef mit dem Rudi-Volk der Syphilisters.

In diesen Times of War makten immer wieder überkrasse volksheroes 1 appearence: die sogecallten «großen Richtern» wie Samulel, Debora-bora, Gidehonk oder Richterin Barbara Salesch. Aber der overste Banger vong denen war Samsung. Samsung war 1 krasser Strongman vong Chucknorrisness her u fickte das Leben zahlreicher Syphilister everyday aus fun an der Happiness.

Gott: Ey Samsung i bims, d1 Gott. What bimst du am maken?
Samsung: Pumpen Digga, pumpen
Gott: sheeeeesh was 1 nices Bizepss vong Hulkness her
Samsung: Ja man i boxe die enemy-larrys im War voll weg

Gott: lol nice

Samsung: ey Digga letztens – i so voll chillig in Shisha Bar, plömtzlich steppen 3000 Syphilister u so: «Samsung du bimst most wanted Staatsenemy nr. 0,1 du must mitkommen»

Gott: shiiiiiit

Samsung: i erstmal so «k calm down of life i komme»

Gott: u dann?

Samsung: dann walken wir raus u ich so: «lol verarscht. Brace your Hackfresse for impact ihr Larrys» u dann 1000 vong den Opfas mit dem Kieferbone 1nes Esels gesmasht ROFL

Gott: WTF was bimst du für 1 bad Motherfucker am been?

Samsung: Der baddeste. Willmst du me1n Geheimnis knowen?

Gott: ne

Samsung: Ok i verrate es dir

Gott: Digga i bim allknowend

Samsung: also me1n Geheimnis is...

Gott: bitte nit...

Samsung: CROSSFIT

Gott: omfg nit schon wieder

Samsung: Crossfit is mega mois. i hab vor 2 Months angerfangen u feele mi voll strong...

Gott: ja das hanst du schon 13 bis 44,5 mal getold

Samsung: i make jeden tag 2500 Air Squirts, 3000 Banana Split-ups...-

Gott: Jap...

Samsung: 9000 Jumping Drakes, 5000 Hampelmen...-

Gott: mhm...

Samsung: 15 000 bis 30 000 Bro-pees...-

Gott: ENOUGH MIT DE1NEM WHACKEN CROSSFIT DU SPLASHER!!! WIR ALLE READEN SCHON DE1NE TRAININGSPLANS AUF INSTARGRAM!!!

Samsung: k sheeesh Spa down your life Diggi. vll needest du 1 healthyges Kale-Smoofie mit Chia Seeds u Gonji-Bären zum relexen...

Gott: Relexe de1ne Fresse Samsung i muss dich warnen vong Prophecy her

Samsung: k

Gott: 1nes Days wird dich 1 überflye Bitch seducen vong Basic Instinctness her

Samsung: k shit. 1ne Frage...

Gott: ja?

Samsung: wirmd sie naice Boobs haven wie 1 Dolly Bastard?

Gott: vll, aber darum gayts nit, es ge-...

Samsung: yeaahh digga i bim so 1 Player scurrrrrr-...

Gott: LASS MI AUSTALKEN DU ÜBERHORNY LARRY!!! Sie is nur d1 Powers am wanten also lass ihr nit dein nices Hairness cutten sonst bimst du nur 1 weakes Lauchgemüse mit Bizepss Level Bill Kaulitz verstehste?

Samsung: ja

Aber Samsung hant nix understandet weil er 1 Kevin vong Intelligenzquiszenss her war u beim talken mit God auf Tinder naice Bitches mit Boobs unermässlicher Size alle nach right am swipen war. 1ige Weekz später matchte er mit 1ner übelst hotten SILF (Syphilister i like to fuck) mit mightygen Gazongas names Delila die ihn seducte, u hat ihr se1n secret getold – dass all se1ne krasse power vong se1nem longen Hairness kommt. Außerdem hat er ihr alles über Crossfit erzählt.

1nes nights, nachdem Samsung Delila wegcockte u auf ihre Titties jeezte, cuttete ihm die basic bitch se1ne naice Hairpracht in 1ne überugly Vokuhila u Samsung verlohr se1ne ganze Strongness. Dann kam die Syphilister-Crew, hat ihm se1ne beauiful Eyez ausgestabt u 1 sicke Party celebrated mit Wine rot-weiß & 1 Sparferkel mit Apple im Mund u 1nem gewissenhaft fickenden Bass…

Samsung: ey Gott wo bimst du?
Gott: boah alter what is gehappened?
Samsung: 1 Bitch hat mich getricked
Gott: Ja no shit Sherlock. whyrum hanst du nit auf mi gelistened?
Samsung: diggi die hatte richtig naice Gazongas ischwör
Gott: …
Gott: Ehrlich du bimst Larry-Level over 9000
Samsung: true, true…
Gott: k i muss los

Samsung: wait! 1 moment in time! i bim 1 last request am haven!

Gott: what?

Samsung: make mich so strong wie damals damit i all diese Larrys killen kann plz k thnx

dann bashte Samsung die Säulen des Syphilister Playboy Mansion u rippte mit se1nem 1 last Bizepsflex 3000 Opfa mit ihm in den Death vong Kamikazaness her.

Auch wenn Samsung bisschen 1 Kevin Federline am been war, r.i.p.te er in Frieden für all Timez u se1ne Memory wirmd fürever mit uns am been sein. Heute sind in se1ner Honor 1ne nordkorneanische Firma für explosive iPhonez genamed u auch 1ne Keulektion vong Travelkoffer die man mi Payback Pointz cheaper buyen kann namend «Samsonight».

12

DAVE VS. GOLIATH

Das Rudi-Volk der Syphilister war immer noch am oversteppen, also uniteten sich die Isralarrys u buildeten 1 übernices Kingdoom u hatten 1 Bossking namens $aul Goodman. Aber die Syphilister hatten 1 Oberbaba Streetfighter Giant vong Bizepsness her namens Goliath, der immer ankam u die Isralarrys disste voll provoaktiv so «wer will mi fighten? niemand? lol ihr bitches suck 1 bis 23 dicks» u all die Isralarrys waren wie 1 frozen Lauchgemüse in Fear erstarrt weil Goliath 1 Eckschrank + Couch vong Sizeness her am been war.

Gott musste igendwas tun aber gleimzeitig wurmde er von 1nem smallen rudi-child mit den Username YungDave666 mies in Call of Dörte rasiert, also baeschloss er 2 Birrrds mit 1nem Stone zu hitten...

Und Gott sprach zu seinem Sohn, David:

Gott: «Ey Yung Dave ich bims, d1 Gott. Was bimst du am maken?»

David: hirten digga

Gott: sheeesh was 1 Entréparkur vong Busyness her. i han gayhört, dass d1ne Skillz auf der Geige krass on point am bimsen sind

David: ne mois das bim i nit das is david Garrbertt

Gott: k u was playst du so in d1ner freitime? 1 Kuhbell? 1 Countrybass? 1 Glockengame? oder vll die Mongo-Drums?

David: Harpfe diggi

Gott: boah 1 strich-instrument NAIS

David: ja man drugs cash money bitches Instantnoodels das alles macht die Harpfe möglich scurrrrr

Gott: #thuglife anyway i habe 1 challenge für di. seest du den XXLLarry da?

David: Goliath? Digga der hat letztens Boss-Transformation gemaked. Voll The Mountain vong Steroidness her.

Gott: ja der. du muss den streetfighten lol

David: nie im Life alter der macht 1 Red Wedding mit mir

Gott: give ihm 1 Jew-Jitsu Powerkick das fickt s1 Life lol

David: aber er hant 1 mighty Armor aus Bronzen u Iron

Gott: Blödsense brudi das is fake Plastik aus Chinakistan. 1fach durchpunchen.

David: digga i bim 12 oder so

Gott: SLAYE DAS GOLIATH DU LARRY!!! i hab auch 1 special weapon für di gemaked…

David: sheeesh sags doch earlier! Was für 1 Weapon? 1 naice Bazooka?

Gott: nope

David: 1 überflye Kampfdrohne vong Obamaness her?

Gott: neee viel besser diggi: 1 STONESCHLEUDER.

David: ...... 1 Stoneschleuder?

Gott: 1 Stoneschleuder.

David: i soll 1nen 2,5 m largen Ochse mit 1 Stoneschleuder killen?

Gott: 3 m.

David: ...

David: nur weil i dich gestern in Call of Dörty destroyt habe?

Gott: ja lol viel erfolg

Dann steppte Yung Dave auf den Battlefeld u schleuderte dem Goliath 1 hartes Stone direkt zwirschen den Eyes u fickte se1n life forever u se1ne Opfa Crew runnte nach Hause zu mama lol. Yung Dave wurde zum Fresh Prince vong Beit-Lehem & mighty Führer der Isralarrys.

13

KING SALSOMON

King Dave war mad am conqueren vong Genghiskahness her u hatte 1 kingsize Terraritorium gesnatched. Dann wurmde er old u namte s1 Homeboi Salsomon zum KingKong vong den United Kingreich of Isralarry.

u Gott talkte zu seinem boi, Salsomon…

Gott: Ey Salsomon i bims, d1 Gott. Ich watche from above dass du voll der mighty King am rulen bimst.

Solomon: Wallah digga hab 1 mieses Kingdom mit zahlreichen flyen Bitches vong der Niceigkeit her

Gott: Wie kann man sich only so hard gönnen, m1 Sohn?

Solomon: #sotrue. pass auf letztens kamen 2 MILFs ins Palace weil die über 1 smalles Baby krass am fighten waren vong Sorgerecht her

Gott: lol Weiber

Solomon: u die 1ne sayte so: «give her is m1 Child» aber die othere so: «ne is m1 Child am been du Basic Bitch»

Gott: u wie hast du decided, welche MILF ihr Child es am bimsen war?

Solomon: i so zu denen: «digga hol 1 Machete i slice den Baby u jede MILF gettet 50 %!!!»

Gott: lol u hanst du ihn geMortalKombattet?

Solomon: sheeesh nee i wollte nur seen welche MILF am loudesten 1 River cryt vong Emotionalness her weil das dann ihr boi is

Gott: k u dann?

Solomon: die MILF nr. 1 so «ja digga 50/50 is ok» aber MILF nr. 2 so «nein eure Highheit plz kannst me1n child auch der basic bitch given nur slice es nit zu Death». Voll selflos u so. u dann knowte i, dass es ihr Baby am been war.

Gott: BOAH. Was 1 Baba vong Decision-Makingkeit her. Digga du bimst 1 mad genius wie Alfred 1Stein.

Solomon: thnx

Gott: u was hanst du mit den MILFS dann gedone?

Solomon: beide gebuttert lol

Gott: scurrrrrrr nice. u jetzt builde mir 1 fettes Tempel in Jerusalem von MTV Cribsness her du Nerd.

14

JONA HILL

Jona Hill war 1 Prophet, der vor allem für se1ne limitlose Larryness bekannt war u only 1 Job hante aber es nit hinbekommen hat weil er nonestop Weed pufftе u wie in dem Winner Song des Eurovillage Smoke Contest vong Lenarrd Meier-Landhut like 1 Satellite ständig high am bimsen war.

1nes Tages wollte God die Otto-City Ninive wrecken, denn all ihre 1wohner waren bei der PLAGIDA (pädriotische larrys gegen die Infizierung des Axelschweißes) u makten Fäkalumzüge every Monday durch die City…

Gott: halo Jona Hill i bims 1 Gott.

Jona Hill: oh fuck oh fuck oh fuck Digga i han nur 1 Splif in me1nem ganzen life gepufft Plz schick mi nit auf 1 Highway to Hell!!!

Gott: calm down of Life du Harry Potthead i hab 1 Job für di

Jona Hill: diggi i mach alles was du willmst jeden job Handjob blowjob boobjob Facial auch anal in passiv modus nur kille mi bitte nit i bim zu yung zum sterben

Gott: wtf ne du musst nur nach Ninive u-...

Gott: Jona Hill?

Gott: Mois wo runnst du hin?

Weil Jona Hill am beforeheringer Day 1 überstronger purple Haze aus Afghangisten gesmoked hant der s1 Brain fickte, war er voll paradroid am bimsen vong Naidooness her u runnte vor God wie 1 Saddam Hussain Bolt...

Gott: i bim everywhere du Larry...

Jona Hill: lalalalalala i hear di nit i bim wide weg gesprintet!!

Gott: du bimst erst 13 m ostwest gerunnt du Fettleibness

Obwohl Jona Hill nur 0,8 m pro Stunde jetlegte u 30 cubic-Liter Tittenschweiß sweatete, tryte er weiterhin vor God zu escapen u buyte tickets für 1 AIDA X-fahrt in die Karimbik. Doch God makte 1 mieses Hurricane mit 32 Megapixel auf der Richard-skala vong Weatherfrogness her u das Ship shakte wie 1 Salt$haker. u alle am Board meeteten sich für 1 Brainstorming. Dann confesste Jona Hill se1ne overdimensionale Larryness & tellte der Crew, dass alles se1ne Schuld am bimsen is, also throwte ihn die crew unfairzüglich ins Sea, wie Käthe Winslut Lennart Dicabrio im underhaltsamen Comedyfilm «Tittanic» *vong 1ner floatenden Door throwt obwohl noch enough Place für beide war lol.*

Weil Jona Blutgroup Nutella vong Fattyness her am bimsen war, sinkte er im pazifistischen Ozean wie 1 Stone, doch God droppte 1 fettes Sperma Whale der Jona Hill swallowte (scurrrr). 3 dayz u 3 Nightz gammelte Jona im der Belly vong dem Beast. Dann prayte er zu god wie 1 little Bitch…

Jona Hill: God wo bimst du? 1 Like = 1 Prayer plz help

Gott: lol was los diggi i thoughte du runnst weg in die Karimbik u so?

Jona Hill: ja… naja-…

Gott: ja was? willmst du ke1n Captain Jake Sparro mehr bimsen?

Jona Hill: also es gab 1 mieses Torrnado u die Crew hant mi…-

Gott: awwwww. waren die evil Sailords nit nice zu dem kleinen jona hill?

Jona Hill: du muss mi nit mobben ok?

Gott: awwwwwww wirmd der kleine Jona vong se1nem allmighytigem God gemopped? Mimimimimimimimi soll i de1ne Mama callen?

Jona Hill: Digga plz i bim hier schon 3 days u der Whale hant nonstop Diarreha

Gott: hmm… i weis nit. bimst du dann auch artig u obeyst mir wie 1 guter Prophet vong Knechtigkeit her?

Jona Hill: ja
Gott: schwörst du auf Bigmac?

2 std. u 891 Bodyshamings later squirtete der Sperm Whale Jona Hill in 1nem intensiven Cum Fart aus. Dann walkte Jona in Ninive-City u preachte vor allen Rudis der Stadt: «in 40 tagen wirmd God euer life ficken ihr Pissbirnen!!!»

Doch dann getteten die Ninivea-Peoplez voll die Tinderwertigkeitskomplexen u makten 1 10-Weeks-Asi-Change: sie burnten ke1ne Refugee-Cribs mehr u wählmten auch nit die AfD & writeten nur noch naice Facebook commentz ohne Rightschreib-Fehler. u gott sah ihre Bosshoss-Transformation u decidete, ihr life ungefickt wie 1 nonne zu beletten. Denn auch 1 AfD-Wähler in se1ner ganzen Larryness hant noch 1 Chance.

15

TOWERBAU ZU BASEL

1nes Days wollmten die Menschenkindler 1 Skyscraper so fly it's gonna touch the Sky builden. Der Tower war so high, dass es die iClouds im himmel scratchte, doch Gott feelte sich in s1 personal Piratsphäre gestalked…

Basilianer: halo god i bims 1 Basel Turm

Gott: WTF IHR PIMMELIGKEITEN WAS MACHT IHR IN ME1NEM PERSONAL JESUS ZONE???

Basilianer: 1 übernices Trump Tower constructen vong Highness her Diggi

Gott: k why?

Basilianer: weil wir dir just 1 step closer been wollmen

Gott: let it be ihr rudis, hier is m1ein safespace

Basilianer: komm scho diggi wir hanen 1 nices swinning pool u wollmen 1 Level 98 000 Kiloton arschbombe jumpen wie 1 danny Le Vito

Gott: RUNTER VONG ME1NEM HIMMLERREICH IHR 50 SHADES OF HÄSSLICHNESS!!!

Basilianer: ne wir kommen hoch #sorrynotsorry

u wie in der 1feelsamen Pop-Baellade «i belief i bim fly» vong Lars Kelly aus dem Sounddreck des romantic-drama Blockbastards «Space Gem» (2-facher gewimner des Sunscreen Film Festtivel), touchten die Menschenkindler das Sky mit ihrem big black Turm u invadeten Gods personal Kevin Space als wäre es der close Osten lol.

Doch Gott takte 0 bis -34 Shits vong den Rudis u destroyte ihre planz indem er ihre Language confuste. plömtzlich speakte 1ner frankzösisch u 1 anderer talkte kanadisch, u 1ner almanisch u so further.

Basilianer 1: halo wie läuft die turnbau?
Basilianer 2: ola amigo salsa de garcia dies das
Basilianer 1: wtf mois i understande k1 word
Basilianer 2: Buenos tacos por favor muchos caramba?
Basilianer 1: Ne no hapablo Espanlol digga
Basilianer 3: Excuse mi kind sir...
Basilianer 1: WARUM SPEAKT JEDER 1NE OTHERE LANGUAGE???
Basilianer 4: Omlett du Fromage

u weil jeder plömtzlich 1ne newe Fredsprache talkte, konnten sich die Basilianer nit mehr understanden u splitteten sich schneller als wie Tic Tac Toe.

JESUS CHRISPUS I: ORIGINS

Viele Yearz later war God übelst horny am bimsen u downloadete Tinder doch er hantte 0 matches weil der Otto ke1ne nicen Bizeps-Pics von si auf se1n profile uploadete vong Prollness her. Nur 1 1ziges jewish gurl aus Nassaret hant se1ne Highheit nach rechts geswiped…

Gott: Ey Maria ich bims, d1 Gott. Was bimst du am maken?
Maria: heeeeeeeey bim zu housee gameln lol
Gott: soso wo is d1 Husband Josef?
Maria: der is auf Montage in Jewrüsselheim hihi
Gott: scurrrr Bock auf Shisha-Bar?

3 Weekz later

Maria: Gott? Wo bimst du?
Maria: Warum bimst du nicht am answeren?
Maria: DU BIMST SEIT 4 HOURZ ONLINE AUF

WHATZAPP U POSTEST SELFIES VOM SOHOES HOUSE AUF TWITTER DU BASTARD ANSWERE JETTZT AMK!!!

Gott: Sheeesh Alte deeskaliere d1nen Vorbau God is everywhere am bimsen

Maria: i bim pregnant du Splasher

Gott: …

Gott: k

Maria: u du bimst der Daddy vong Billcosbyness her

Gott: lol nie im Life

Maria: hanst du 1 Kondom geused vong Protectioness her?

Gott: ehm… God braucht k1 Kondom?

Maria: how deep is your Larryness du Otto?

Gott: pfff believt dir eh ke1ner

Maria: dann geh i zu Arabella u make Swaggerschaftstest on air

u dann ging Maria zu Arabella u makete 1 Swaggerschaftstest, u alle zuwatcher vong RTLII u Hertz4 empfänger knowten, dass God ihr se1nen allmightyigen Kolben ohne Slidegel reingebuttert hant (unbelecktes Empfängniss).

17

JESUS CHRISPUS II: EVOLVOLUTIONS

God payte ke1ne Child Support, also musste Maria ihr Child in 1 Stahll in Betlehaim droppen, u all die Animals wie 1 Goat u 1 Kentucky Fried Chicken u 1ne Q hanen die Gebirth vong Jesus erlivet.

Jesus Chrispus growte u wurde 1 flyter Hipster vong Lumberjackness her. Er hantte lange Hairness wie Hollywood Star Gerhard Leto u au mega viel Facial hair u trug hippie Kleidness wie zb v-neck Shirt & vintage Sandles.

Gott: halo Jesus i bims d1 Daddy.
Jesus: hey Daddy-o
Gott: Son, i hab 1 überkrasse Hartmutaufgabe für di
Jesus: k aber heißt es nit «Mammutaufgabe»?
Gott: lol nee what is 1 Mammut am been?
Jesus: das sin die überhairy braune Elefants vong Ice Age
Gott: what is 1 Ice Age?

Jesus: als die ganze World erfroze u alle Dinos dead as fuck waren wurmde es wieder hot u es gab 1 planet of the Affen u dann evolvten sie sich zu Humanz?

Gott: evolvotions theoric is Lügenlordpresse diggi

Jesus: aber how explainst du dann global Warning?

Gott: du bimst am trippen m1 Sohn. global Warming is 1 Fake aus chinakisten.

Jesus: aber was is mit dem Gravitiness u die Darwinis-…

Gott: SILENCE DU ALUHUTNESS. ES GIBT KE1NE GLOBAL WARNING U EVOLOTIONS AMK!!!

Jesus: k whatever

Gott: genug mit dem whack-talk. du musst 1 new Religion starten vong Revolutioness her.

Jesus: sheeeesh klingt voll dangerous

Gott: lol what sollen die schon maken? di auf 1 cross nailen bis du outbloodest?

Jesus: haha true dat

Gott: k also du walkst durch Jewrüsselheim u spreadest m1 Word ja?

Jesus: kann i machen aber was wenn die mir nit believen vong Polygraphness her?

Gott: du musst 1fach mal 1 paar flye Mirácolis für die Ottos maken

Jesus: hmm z. b.?

Gott: also 1 rain aus Fire & Schwefel is immer nice u bringt au 100 % results

Jesus: aber daddy i will die love spreaden in den hearts der peoplez

Gott: gaaaaaaaaaayyyyyy

Jesus: k fein spreade d1 word alleine du vincent raven-vater

Gott: entspanne d1ne vagine son. i sag nur vll 1 aggrosiverer Mirácoli bringt mehr twitter follower. i hab au 1 nicen suggestion für di

Jesus: was?

Gott: Mutanten-Killer-Heulsch...-

Jesus: lame.

Gott: wtf du weist doch gar nit what i meane mit...-

Jesus: LAAAME.

Gott: argh k fuck it ihr seid alle Larrys. Pass auf: du takest 1 glas Water u dann callst du mi & i make daraus 1 nices Vino mit internsivster Aromalz u 1ner freshen Klostone Note im Abgang

Jesus: sheeeeesh nice maken wir so.

18

JESUS CHRISPUS III: DIE PASSIONSFRUIT CHRISPIS

Gott: k Mois wie siehts out? Hanst du m1 Word schon fett gedroppt all over Jewrüsselheim?

Jesus: ja aber die believen mir nit

Gott: sheeesh. hanst du denen schon Vino aus Water gemaket?

Jesus: ja die sayen es is 1 fake News vong Wikileakness her

Gott: wtf why? gabs ke1ne Witnesses?

Jesus: doch schon aber wir waren alle drunk as fuck am been vong dem gansen Vino lol

Gott: argh what bimst du für 1 Kevin Korany? Hanst du at least schon 1 überlarge Gefolgtschaft?

Jesus: klar i hab Simon Petry, J-Kobus, Bartholomäus, Thomas Gottschalk, Judas Priest…

Gott: nur Männer? eher 1ne GAYfolgschaft lol

Jesus: ja u?

Gott: digga du hängst nur mit dudes ab. Bimst du 1 Elton John vong sexual Feelingness her?

Jesus: ne

Gott: safe? weil wenn ja is au ok. es is Year 33. Modern Timez u so.

Jesus: i bim k1 homo vong George Michaelness her

Gott: warum hanst du dann Maria Magdalenard de1nen kolben noch nit reingebuttert?

Jesus: sie hant mi gefriendzoned

Gott: aha k u warum bimst du mit Johannes skinny dipping gegangen?

Jesus: das war nur 1 Taufe

Gott: what is 1 Taufe am bimsen? 1 newe Pornhub Category?

Jesus: ne man lässt si vong 1nem hotten Dude naked washen u wirmd vor dem Lord so fresh & so clean clean

Gott: digga das klingt voll gay.

Jesus: voll not

Gott: naja wie du meanst. Aber das Wein-Mirácoli war scho pretty gay am bimsen…

Jesus: DU HANST GESAYT I SOLL WINE AUS WATER MAKEN!!!

Gott: ja 1 WINE, mois. u du hanst 1 Redwine Schorle gemaket vong Fabuliciousness her

Jesus: Daddy i bim straight as 1 Circleverkehr

Gott: k whatever. aber think daran: i love di how ever

du bimst au wenn du de1nen Kolben in 1 hairy Anus butterst #nohomo

Jesus: k thnx aber what maken wir mit den faithless Ottos die mir nit believen?

Gott: es wird time, dass du wie 1 Babo auf dem Water walkst, vong DavidCopperfieldness her

Jesus: aber ich kann nit swimmen vong Baywatchness her

Gott: STEPPE AUF DEM WATER DU LARRY!!! ICH BIM D1 GOD U DU WIRST MIR TRUSTEN AMK!!!

Jesus: k sheesh warum bimst du auf 1mal so aggro vong Angrybirdness her?

Gott: Weil mein Ruf kaputt GEHT, net deiner!!! u gette 1 paar flye Bitches in d1 Crew du Gaylord lol

Wird Jesus Chrispus auf dem Water steppen? wird er das Word of God spreaden vong Faithlessness her? ODER WIRD ihn 1 Splasher JEWLORD an Julian Ceasarsalad snitchen?

Die final Solution next week.

lol jk final Solution is im nexten Chapter ihr Ottokinder.

19

JESUS CHRISPUS IVIER: DAS IMPRESSIUM SCHLÄGT ZURÜCK

Last Mal bei Jesus Chronicoles:

Jesus Crispus versucht das Word Gottes zu spreaden. Gott bosst Jesus aufs Water to steppen, damit die Larrys ihm endlich believen vong Faithness her.

KURZE TIME SPÄRTER...

Gott: ey Jesus ich bims, d1 Daddy. Was bimst du am maken?

Jesus: abhängen

Gott: EY WAS HANEN DIR DIESE LARRYS ANGEDONE AMK??!!?

Jesus: crossfit lol

Gott: KNOWEN DIE K1NE ZARTNESS???

Jesus: Digga, CROSSFIT. GET IT? GET IT??? Erklärung: cross = kreuz u fit weil i so 1 naices Washingbrett bekomme vong rumhängen auf dem Cross.

Gott: sohn i believe dass du im Shock-Zustrand bimst vong Traumaticness her

Jesus: Spa down your Life Digga is nur 1 Flashwunde lol

Gott: DU BIMST DOCH AM FLATLINEN VONG LIFENESSERWARTUNG HER.

Jesus: gar nit Daddy what bimst du für 1 Helichopper Parent voll embaressing sheeesh

Gott: wer hant di ans Cross genailed?

Jesus: igend so 1 splasher vong m1nem Fatnessstudio der da Bikram-Yoguhrt Kurse teacht

Gott: AMK wie heißt der rudi?

Jesus: Pointius Pilates

Gott: sheesh is das 1 Rumäner wie Julian Ceasarsalad?

Jesus: ja die hanen 1 krasses rumänisches Emperium gebuildet u pimpen big all over the World wie Tschingis Kahn oder Alejandro der Large.

Gott: u bimst du aufs Water gewalked wie i gesayt hab?

Jesus: ja wie 1 Michel Jackssohn vong Smoothieness her

Gott: warum han di dann die Mongons in Frieden ger.i.p.t???

Jesus: weil i mit ÜBERUGLY CROCS auf dem Water gewalkt bim lol

Gott: ...

Gott: digga du bimst so 1 Alpha-Larry ischwör.

FINN

Halo i bims 1 Aftercredits Scene:

Vor langer, langer Time, im sogecallten golden Age, wurmde die earth von riesigen Otto-Creatures namens Titanten geruled. Doch dann kam 1 splasher unermesslicher Rudiness mit dem namen Zeus u überthrowte die Titanten u lockte sie up in 1 mieses Fort Knox Prison vong Alcatrazness her, deep down in der tiefness des Underworlds «Tartanuss», welches au das greekische word für Hackfleisch Tatar am bimsen is.

Dann buildete sich Zeus 1 homebase auf der Spritze des Mt. Olympuss mit s1nen Bro-Gods wie z. B. Hermes (God des Paket-Deliverys) oder Apollo 13 (God des Astronautisten) oder au Arthemis (Puffmother des Mt. Olympuss). Doch es wurmde igendwann boring für die greekischen Gods auf dem Mt. Olympuss. Dann lookte Zeus hinunder u sah die Humanity. Er sah Heroes, u Monsterz, u vor allem hotte Fiqqhuren mit extra naicen XXL-Boobies.

u Zeus sayte:

«Ready or nit, here i come IHR LARRYS!!!»

TO BIM CONTINUED...

Obwohl Schaschlik Shakira schon mit zartigen 14 yearz Deutsch wie 1 Legastechniker gewritten hant, gibt er hier 1 paar nice Propz an die Prionieren der Vong-language damit sie ihn nit auf Twitter mobben:

Money Boy / YSL Know Plug

Kurt Prödel

Til Schweiger

Willy Nachdenklich

Paul Rippé

Phil Laude

Vong

Pietro Lombardi

GaLieGrü,

SS.

SCHASCHLIK SHAKIRA

Schaschlik Shakira is 1 in Berlin lifender Isralarry vong den Roots her. Er is der proud owner 1nes durchschnittlich largen Pimmels am bimsen u hant 1 white Belt in Kung Food. Se1ne hobbys sind Hummus, Death Metal u Markus Söder.

Als smaller Jewbacca in Jewrüsselheim musste Schaschlik im School die Bimbel readen u Hourz & Hourz die true meaning vong jedem Satz intrepretitten, weil die old School Tastyment wie 1 drunk sms gewritten is vong 1deutigness her lol.

Deswergen hant er 1 new holyge Bimbel gedroppt u wie Martha Lothar King Jr. 1 neues Timealter vong Reformationess her gestartet.

MIX
Papier aus verantwortungsvollen Quellen
FSC® C083411

Das für dieses Buch verwendete Papier ist FSC®-zertifiziert.